KB153259

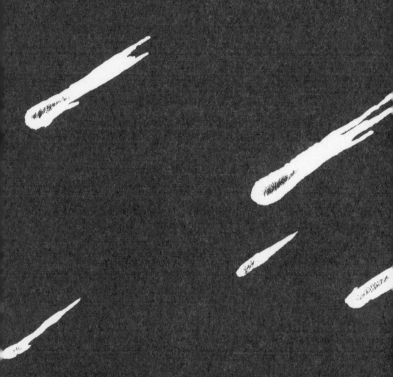

춤추는 사신 使臣

춤추는 사신 使臣

배명훈 글 × 노상호 그림

미메시스

# 차례

멸망하는 세계에 살고 있었다. 그곳은 아주 작은 천하였다. 인구가 대략 50만에 이르자 황금기를 선언해 버린 작은 세상.

아무도 그 천하를 섬이라 부르지 않았다. 그 밖에 뭐가 있는지 알지 못했기 때문이다. 바다 건너 어딘가에 다른 땅덩어리가 있고, 사람이 사는 곳도 더러 있다는 사실은 알고 있었다. 그러나 다른 섬들은 너무 멀리 떨어져 있었다. 촌락 이상으로 큰 곳도 없었다. 우리에게는 그 섬이 유일한 대륙이었다. 우리의 천하는 그 대륙 위에 터를 잡고 있었다.

**춤추는 사신**

그리고 그 작은 천하는 셋으로 나뉘어 있었다. 덕분에 전쟁이 끊이지 않았다. 끝내 통일되지 않은 세상. 어느 날 그 위로 재앙이 닥쳤다.

쏟아지는 별들. 뜨겁게 달궈진 돌덩어리들. 밤하늘에서 날아온 쉰세 개의 불덩이가 세상 여기저기를 강타했다. 그중 몇 군데에는 집터만한 구덩이가 생겨날 정도였다. 싸움 잘하는 사람이 관리가 되는 세상이었으므로, 〈공격당했다〉는 생각이 퍼진 것도 당연한 일이었다.

그로부터 석 달간 590개의 별이 더 떨어졌다. 밤낮을 가리지 않는 공격이었다. 군인들은 천하를 지켜 내지 못했다. 성벽은 모두 평지를 향해 있어, 위에서 날아드는 공격에는 무방비 상태나 다름없었다. 세상 곳곳이 불타올랐다. 구름이 해를 가려 한파가 몰아쳤고, 유례없는 흉작으로 농성마저 불가능해졌다. 세 임금이 모두 항복을 선언하려 했으나 항복을 받아 줄 상대조차 없었다.

그런데 그 순간, 기적처럼 적이 공성을 중단했다. 무인 관리들이 묘사한 사태의 전모였다. 감히 하늘을 적으로 묘사한 종족.

그로부터 30년. 한 해에 대여섯 개씩 작은 공격이 이어졌으나 절망적이지는 않은 휴전기가 찾아왔다. 그래도 왕들은 알고 있었다. 우리 세계가 멸망해 가고 있다는 사실을.

그리고 마침내 공격이 재개되던 날, 여든 개의 별이 떨어져 천하를 불살라 먹던 날, 사신이 당도했다. 물론 그 또한 무인들의 말이었다. 허름한 옷에 구부정한 어깨, 두 팔로 자기 몸을 감싼 채 파르르 떨고 있던 그 여자를, 무인들은 주저 없이 〈사신(使臣)〉이라 불렀다. 별이 떨어져 생겨난 불구덩이 옆에 서 있던 여자. 살아 있는 사람이라기보다는 석상처럼 생긴 그 존재를.

조정(朝廷)은 항복이 하고 싶었다. 사신이 항복을 받아들여 그 처참한 공격을 끝내 주기를 바랐다. 싸움하는 자들의 어리석은 바람이었지만 그것 말고는 할 수 있는 일이 아무것도 없었던 것 또한 사실이었다.

임금이 나아가 머리를 조아렸으나 사신은 아무 대답도 하지 않았다. 그저 파르르 떨고 있었을 따름이었다.

춤추는 사신

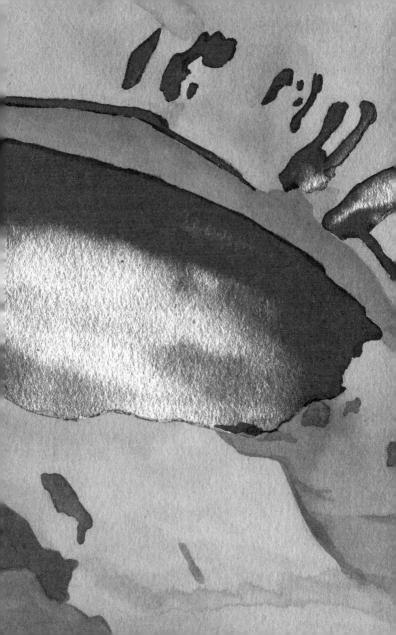

다음 날 다시 별이 떨어졌다. 그다음 날도, 또 그다음 날도. 밤하늘이 수시로 밝게 빛났다. 그러고 나면 곧 땅에 서도 불길이 치솟았다. 구름이 다시 해를 가리고, 매서운 바람이 섬을 휘감았다. 과장 섞어 30년 전 일을 이야기하 던 노인들은 그 이야기가 전혀 과장이 아니었다는 사실을 새삼 깨달았다. 멸망하는 세상.

삶이 다시금 처참해지는 데는 채 열흘도 걸리지 않았 다. 그래도 사신은 아무 대답도 하지 않았다. 세 나라의 임 금과 신료가 모두 국경을 내팽개친 채 사신 앞에 나아가 요란하게 조아렸으나 사신은 여전히 항복을 받아들이지 않았다. 조건을 걸 생각조차 없는 것 같았다.

「이따금씩 춤이나 추고 있을 뿐이네.」

「춤이요?」

「이상한 춤이지. 박자도 없고 흥도 없고 손바닥만 자 꾸 앞으로 내밀거든. 그런데 춤을 추는 사신과 추위에 떨 고 있는 사신은 전혀 다른 사람처럼 보이기도 해. 언제 그 랬냐는 듯 허리를 꼿꼿이 세우고는 한참 동안이나 춤을 추 다가, 또 언제 그랬냐는 듯 움츠러들고 말지. 어서 바람이라도 막아 드려야 할 텐데.」

이 역시 무인 관료의 말이었다. 아무것도 설명하지 못
하고, 아무것도 해결할 수 없는 공허한 묘사.

마침내 그들은 다른 사람들을 불러들이기로 했다. 그
렇게 쓸모 있는 일을 하는 것 같지는 않지만 말에 관해서
라면 조금이나마 쓸 데가 있을지도 모르는, 공부하는 사람
들을.

먹지도 않고 쉬지도 않으며 내내 한자리에 서 있는 사
신 주위로 커다란 누각이 새로 지어지던 무렵이었다. 맨
처음 그 누각 안을 들여다본 나이 많은 학사는 사신의 모
습을 이렇게 묘사했다.

「들으려고 오신 게 아닌 것 같습니다. 무언가 할 말이
있으신 모양입니다.」


드디어 글 잘 쓰는 사람이 관리가 되는 세상이 오려는
징후였을까. 여자아이에게 글자를 가르치는 세상은 멸망
바로 직전에나 찾아왔다. 그러나 나에게 그 시간은 그다지
절망적인 시간이 아니었다.

그런 점에서 스승과 나는 통하는 데가 있었다. 여든을 넘긴 노인은 느긋하게 종말을 즐기는 쪽이었다. 다 같이 죽는 건 별로 억울하지도 않다는 것이었다. 나 또한 종말의 득을 보고 있는 셈이었다. 글을 배울 기회가 생겼으니. 그보다는 비루하고 처참했을 게 분명한 삶에서 벗어나 오로지 나를 위해 살 수 있었으니. 아무리 짧은 생이었다 해도 나에게는 그 편이 훨씬 나았다.

스승은 차별이 심한 사람이었다. 「세상에는 두 종류의 사람이 있지. 똑똑한 자와 살 가치가 없는 자.」 나는 살 가치가 있는 쪽에 속했으므로, 성별은 스승과 달랐어도 글자를 익히는 데는 아무 문제가 없었다. 세 나라의 글자와 옛 사람들의 글자, 소리를 담는 글자와 그림처럼 세상을 옮겨 놓은 글자까지.

그리고 무인들이 학자들을 도성으로 불러들였을 때 스승은 지병을 핑계로 명을 거부했다. 대신 나를 도성으로 보냈다.

〈도성에도 늙은이는 이미 많습니다. 글을 읽는 늙은이는 죄다 거기에 모여 있지요. 싸움하는 늙은이는 자식들

손에 다 죽고 없지만, 글 읽는 늙은이는 제 눈으로 글을 못 읽는 지경이 되어서도 목숨을 부지한답니다. 그래서 하는 말입니다, 공자님. 조정이 학자들을 불러 모은다는 건 노인이 더 필요해서는 아닐 겁니다. 필요한 건 젊은이들이지요. 듣도 보도 못한 방법을 생각해 낼 젊은이가 필요한 셈인데 마침 이 고장에도 하나가 있습니다. 해서, 조정에는 제자를 보낼까 합니다. 어차피 제가 갔다가는 출발할 때는 늙은이였을지 몰라도 도착할 때쯤에는 병자로 변해 있을 거라, 조정에서 달가워할 선물은 아닐 겁니다.〉

감동적인 청원이었지만 스승의 내심은 그야말로 〈귀찮아서〉였다. 스승은 그만큼 솔직한 사람이었다.


다음 날 아침 일찍 도성으로 향했다. 그 세계 치고는 꽤 먼 여정이었으나, 사실은 이틀밖에 걸리지 않는 길이었다. 길 양옆으로는 언덕마다 하나씩 성이 들어서 있었다. 사람은 작은 성문 하나를 지날 때마다 통행세가 붙고 물자를 실은 수레에는 한 굽이를 돌 때마다 관세가 붙었다. 도성에 당도할 즈음에는 사람도 물건도 값진 것이 되고 말았지만 왕에게로 가는 것만은 전부 다 면세였다. 결국 가장 저렴한 것이 왕의 조정에 다다르고 가장 비싼 것들이 여염의 장에 부려졌다.

면세인이라 불리는 조정의 관리가 스승이 아닌 나를 호위했다. 나는 완전히 면세되었고, 도성에 가까울수록 상대적으로 저렴해졌다. 또한 그만큼의 위엄을 얻었다.

강을 건너, 아무것도 없는 허허벌판을 지나 마침내 산으로 접어들자 언젠가 본 적 있는 숲길이 나타났다. 직접 본 게 아니라 글을 통해 본 숲이었다. 세상에서 제일 독특한 글자로 된 문서.

그것은 나무 문자였다. 글자 하나가 나무 하나를 나타내는 그림 문자였는데 몇 개의 획과 색깔이 있는 점만으로 저마다 다른 나무들의 특징을 재치 있게 담아낸 일종의 고대 문자였다. 그런 글자로 이루어진 문서는 사실 문서라기보다는 지도에 가까웠다. 숲길에 있는 모든 나무를 하나도 빠짐없이 정확한 위치에 그려 넣은 숲 관리인의 나무 기록부. 딱 그 용도로만 사용하기 위해 창제되고 다듬어진 특수한 문자 체계.

우리는 그 길을 따라 도성 쪽으로 나아갔다. 나는 가만히 기억을 더듬었다. 건물이나 지형은 하나도 나와 있지 않고 오로지 글자가 된 나무로만 가득 채워져 있던 지도였다. 그래도 막상 그곳에 와보니 알아볼 것은 다 알아볼 수 있었다. 나무가 한 줄로 늘어선 곳은 길이었고, 그보다 넓은 장소에 듬성듬성 규칙적으로 나무가 놓여 있는 곳은 정원이었다. 감나무나 사과나무 한두 그루가 덩그러니 서 있는 곳은 아마도 민가였을 것이다. 문서를 읽으며 나는 그 마을 어귀를 걷는 상상을 하곤 했다. 하나하나 세세하게 떠올릴 수는 없었지만 대충 어떻게 생긴 마을인지는 기억이 났다. 그런 행간이 있는 문서였다.

〈와본 적이 있는 것 같아, 여기. 그래, 아마도 저 언덕을 돌면 그 길이 나타날 거야.〉

개울가에 늘어선 키 큰 나무들과 그 앞에 펼쳐진 비옥한 들판. 그다음은 베인 나무들의 흔적이 나타난다. 목재를 얻을 생각도 조금은 있었겠지만 기본적으로는 시야를 확보할 목적으로 베어 버린 나무들이었다. 언덕 위 도성으로 향하는 길에 자리 잡은 오래된 요새의 시야를 확보하기 위해서였다.

그러나 언덕을 도는 순간 우리 눈앞에 펼쳐진 광경은 내가 생각했던 것과는 전혀 다른 것이었다. 거기에는 나무도, 개울도, 한가하고 비옥한 들판도 없었다. 그 일대 전체가 거대한 불길에 휩쓸려 까맣게 타버린 상황이었다. 그리고 시야 한가운데를 차지한 거대한 구덩이.

조정에서 보낸 소환장이 떠올랐다. 거기에서 본 말이 비로소 이해가 됐다. 불길에 휩싸인 채 날아온 별들. 별을 나타내는 글자들이 맨 먼저 살라 버린 것은 여유와 품위였다. 조정의 소환장에는 다급함이 잔뜩 묻어 있었다.

그 광경을 보고 나는 어이없게도 이런 생각을 떠올렸다.

〈그 숲 관리인의 나무 기록부를 어디에 뒀더라. 찾아서 잘 챙겨 놔야겠어. 이제 더할 나위 없이 귀중한 문서가 되었을 테니까.〉

그 거대한 문서가 눈앞에 촥 펼쳐지는 듯했다. 펼치는 순간 탄성이 저절로 터져 나오는 문서였다. 옛 북국의 사신이 옛 남국을 떠나던 날, 단풍으로 물들어 가던 도성을 묘사한 나무 관리인의 문서를 나는 백 번이 넘도록 읽고 또 읽었다. 위쪽 절반만 가을 색으로 채색돼 있는, 아마도 세상에서 가장 아름다운 공문서일 게 틀림없는 소박한 기록물.

지도인 듯도 하고 그림인 듯도 한 소소한 문서에 담긴 시간. 북쪽에서부터 서서히 물들어 가는 가을을 표현한 붉은 획. 글자 하나하나, 나뭇가지를 표현한 획 하나하나에 담긴 시절의 변화. 읽을 때마다 다르게 읽히는, 그러나 끝내 낭독할 수 없는 대서사시.

하지만 소풍은 그것으로 끝이었다.


첫 재앙 직전에 태어난 나는, 십만 개의 글자를 익히고 천 편의 글을 외운 다음에야 두 번째 재앙을 맞이하게 되었다. 즉 충분한 준비가 되어 있었다는 뜻이다. 말이나 글이 부족할 리 없고 감흥의 섬세함으로 따져도 마찬가지였다. 그러나 나는 곧바로 글을 꺼내 들지 못했다. 담아내기에는 너무나 압도적인 재난인 탓이었다. 아니, 그것은 재난이 아니었다. 말 그대로 종말이었다. 개념으로나 존

**춤추는 사신**

재했지, 한 번도 실물을 본 적 없는 말.

거대한 불구덩이 옆을 몇 번이나 지나쳐 마침내 우리는 도성에 이르렀다. 도성에는 그런 구덩이들에 얽힌 처참한 보고가 끊이지 않고 몰려들고 있었다. 너무 저렴해서 내 고향 마을에는 좀처럼 들를 수 없는 말들이었다.

어떻게 종말을 이해해야 할까. 싸움하는 사람들이 선부르게 덤벼들어 묘사한 말이 오히려 도움이 되었다. 그 말마저 없었다면 나에게는 그 시절을 묘사할 말이 하나도 없었을 것이다. 물론 그 말로는 충분하지 않았다. 다시 읽고 다시 묘사를 해내야 했다.

당장 우리 앞에 놓인 숙제를 해결해야 하는 것은 물론이었다. 종이든 돌이든 평면 위에 그려져 있지 않고 현실속으로 엄연히 들어와 있는 그 글자. 춤추는 사신을 읽어내는 일을.


도성에 당도한 지 나흘째 되던 날 나는 다른 나라 다른 지방에서 온 학사들과 함께 새로 지어진 영빈관(迎賓館) 구석 자리로 들어갔다. 당직 서기 네 사람이 동서남북

네 방향에 자리를 잡고 앉아 눈에 보이는 것들을 모두 글로 옮기고 있었다. 그리고 영빈관 한가운데, 바닥 공사를 하지 못해 흙바닥이 그대로 드러난 곳 위에 그 여자가 서 있었다. 누군가의 표현대로 〈어깨를 움츠린 채 파르르 떨고 있는〉 작은 체구의 여자였다.

자리에 앉는 순간 나도 모르게 한숨이 새어 나왔다. 주위에 늘어선 학사들이 잠깐 내 쪽을 흘끗 바라보더니 이내 다시 정면으로 고개를 돌렸다. 당직 서기가 그 모습을 기록했다.

가련함이라는 글자. 천지가 천하에 보낸 한 자짜리 국서. 그런데 어째서 저 글자를 사신으로 읽을 생각을 했을까.

그 한 글자가 나에게 절망을 일깨워 주었다. 나는 비로소 긴 꿈에서 깨어났다. 여자아이에게 글자를 가르치게 된 세상. 삶에서 벗어나 오로지 나를 위해 산 시간. 그 시간 동안 내가 외면하고 있던 것들. 죽음, 절망, 비참, 피할 수 없는 결말. 그리고 그보다 훨씬 비참한, 여전히 정지되지 않고 이어지는 삶들.

허리를 똑바로 펴고 삶을 응시했다. 움직이지 않는 여자의 구부정한 등을 바라보았다. 한낮에도 그리 밝지 않던 해가 완전히 자취를 감출 때까지.

그리고 그때였다. 영빈관 한가운데 놓인 글자가 서서히 움직이기 시작했다. 떨림이 멈추고 어깨가 펴졌다. 허리를 꼿꼿이 세운 여자의 체구는 이제 조금 전처럼 작아 보이지 않았다.

그리고 사신이 눈을 떴다. 정면에 늘어선 사람들에게 시선이 맞춰졌다. 나는 그 순간 내가 본 것을 잊을 수가 없었다. 여자의 얼굴에 떠오른 웃음. 미소로도 읽히고 냉소로도 읽히는 글자. 그러나 그 글자를 이루는 획은 전혀 애매하지 않았다. 분명한 웃음이었고, 분명히 자아가 담긴 표정이었다.

나. 웃는다. 그대들에게.

세 가지 의미가 배어 나왔다.

곧바로 사신의 춤이 이어졌다. 손짓 하나하나에 자신감이 잔뜩 묻어났다. 서기들의 손이 한층 바빠졌다. 획을 다 생략하고, 글자를 반쯤 빼먹고도 따라잡기가 쉽지는 않을 것이다. 그렇게 열심히 받아 적고도 결국 의미를 포착해 내지는 못할 것이다.

그래도 그들은 받아 적었다. 함께 있는 학사들 모두가 그들의 손놀림에서 위안을 얻었다. 그게 우리가 싸우는 방식이었다. 그 작은 천하가 만약 공부하는 사람들의 천하였다면 세상은 꼭 그런 식으로 기록되고 보존되었을 것이다.

기록되기는 했어도 이해되지는 않은 춤. 전해 들은 것처럼 유난히 손바닥이 두드러지던 춤.

춤이 끝나고, 사신이 다시 가련한 여자로 돌아갔다. 체온을 빼앗기지 않으려는 듯 다리를 모으고 두 팔로 몸을 감싼 다음 어깨를 움츠린 채로 파르르 떠는 여자.

바람이 불어 촛불이 흔들렸다.


그날 밤부터 연구가 시작되었다. 서기들의 기록을 필사한 문서가 50부가량이나 마련되어 있었다. 첫 번째 기록은 사신의 네 번째 춤부터 시작되고 있었다. 맨 앞 세 번은 기록되지 않았다. 신료들의 증언이 대신 채록되어 있었지만 일관성을 찾아보기 힘든 내용이었다.

춤추는 사신

다음 날 해가 뜨자마자 학사들이 영빈관 앞에 모여 지난밤 사신의 춤과 자신들이 밤새 들여다본 문서들에 관해 이야기했다. 나도 물론 대화에 끼었다.

　　「이미 나온 말이긴 하지만, 언어가 아닐지도 모른다는 생각에는 저도 동의합니다. 쉽고 단순한 움직임들이 많다는 건 알겠습니다. 그중에는 마치 글자처럼 여러 차례 반복되는 움직임도 있었고요. 그런데 그걸 조합하는 방식이 언어와는 다르지 않습니까? 마치 일부러 반복을 피하려는 것처럼 계속 다른 조합으로 진행되는 게.」

　　그러나 내 말은 사방에서 떠들어 대는 소리에 쉽게 묻혀 버리고 말았다. 그러다 잠시 후 누군가가 조금 전 내가 한 것과 똑같은 이야기를 했다.

　　「그런데 그걸 조합하는 방식이 언어와는 다르지 않습니까? 일부러 반복을 피하려는 것처럼 계속 특이한 조합으로 진행되는 게.」

　　그러자 곧 그 말은 하나의 가설로 받아들여졌다. 나는 무슨 말인가를 덧붙이려다가 한숨을 내쉬고 입을 닫았다.

　　학사들의 연구는 그대로 몇 날 며칠 동안이나 이어졌

다. 드는 사람도 있고 나는 사람도 있었지만 대화가 멈춘 적은 단 한 번도 없었다. 물론 사신의 춤은 쉽게 해독되지 않았다. 해독의 열쇠가 단 하나도 발견되지 않았기 때문이다. 이상한 일이었다. 사신이 정말로 무슨 말인가를 전하려는 것이라면 일부러라도 실마리를 반복해서 보여 줬을 것이다. 그것은 참으로 괴이한 일이었다.

그러는 와중에도 별들이 꾸준히 쏟아져 내렸다. 마음 편한 밤은 하루도 없었다. 재촉하듯 멸망을 가리키는 초시계. 요란한 소리가 예고 없이 규칙 없이 천지를 뒤흔들었다. 그 뒤에는 어김없이 불길이 솟아올랐다. 전염병이 돌았고 기근이 들었다. 멀리까지 나갔다 돌아온 배가 절망적인 소식을 전했다. 먼 바다에 있는 작은 섬에도 예외 없이 재앙이 닥치고 있다는 보고였다. 달아날 곳조차 없는 절망인 셈이었다.

사신이 있으니 그곳만은 안전할 거라던 기대와 달리, 영빈관 근처에도 마침내 불덩이가 날아들었다. 임금이 혼비백산해 달아나고, 관리들이 임금을 부르며 그 뒤를 쫓았

춤추는 사신

다. 충성심 때문이라기보다는, 그게 살길인 줄을 알았던 탓이었다.

불이 옮겨 붙지는 않았지만 강렬한 열기가 영빈관 안쪽으로 밀려들어 왔다. 사신의 춤을 기다리며 졸고 있던 학사들과 서기들이 화들짝 놀라 자리에서 일어났다. 나도 깜짝 놀라 소매로 얼굴을 감싸며 뒤로 물러섰다.

그런데 그때 내 눈에 여전히 자리를 지키고 있는 두 사람이 보였다. 불길을 기록하고 있는 서기 한 사람, 그리고 사신이었다.

〈떨고 있잖아. 계속.〉

불길이 잡히고 누군가 장막을 걷어 영빈관을 채운 연기가 사라져 버릴 때까지, 나는 내내 그 모습에서 눈을 떼지 않았다.

〈분명 춥지 않았는데. 그럴 수가 없었지. 그런데 그 순간에도 사신은 분명 떨고 있었어.〉

석상처럼 가만히 서 있는 사신. 추운 날씨였으니 당연히 떨고 있었겠지. 세상이 추우니 그걸 감지한 존재가 몸을 떨었겠지. 지극히 상식적인 해석이었다. 그런데 그 상식이 틀렸을 수도 있었다.

〈어쩌면 추워서 떤 게 아니었을지도 몰라. 몸이 겨울을 받아 내는 과정을 표현한 게 아니라는 뜻이지. 사신은 겨울이 아니어도 떨었을 거야. 평범한 여름이었어도. 한여름에 사신이 떨고 있는 모습을 봤다면 역으로 사신이 겨울을 표현하고 있다고 생각하는 게 상식이었겠지. 그래, 지금도 그러고 있는 거야. 겨울보다 추운 여름이라 아무도 모르고 있을 뿐. 겨울이 사신에게로 향하고 있는 게 아니라 사신이 겨울을 말하고 있는 거야.〉

사신을 이해할 첫 번째 실마리였다.


숙소로 돌아가 잠깐 눈을 붙인 후, 아침 일찍 일어나 영빈관으로 갔다. 그 자리에 가만히 서서 떨고 있는 사신. 춤추는 사신이 내용물이라면 떨고 있는 사신은 포장재라고 할 수 있었다. 그리고 내용물을 해독할 단서는, 온 천하의 석학들이 몇 날 며칠을 찾아 헤맨 그 실마리는, 당연하게도 포장재에 새겨져 있었던 셈이었다.

본 내용물은 실재를 단순 반영하는 상징물이 아님. 실재를
재현하는 표현물임.


사신이 등진 쪽에 자리를 잡고 앉아 포장재가 열리고
춤이 시작되기를 기다렸다. 그렇게 한참 뒤, 마침내 사신
의 어깨가 펴지는 순간 나는 자리에서 벌떡 일어났다. 주
위의 시선이 내 쪽으로 향하는 것이 느껴졌다. 나는 아랑
곳하지 않고 결심한 바를 실행에 옮겼다. 손을 뻗어 사신
의 움직임을 그대로 따라 하는 일.

내 자리는 말석이었다. 사신을 마주하는 쪽이 아니라
등을 더 많이 보는 쪽이었다. 그래서 사신의 춤이 잘 보이
지는 않았다. 하지만 나는 최대한 비슷하게 사신의 춤을
따라 하려고 애썼다.

그리고 그 순간이었다. 또 하나의 시선이 내 쪽을 향
했다. 등을 돌리고 서 있던 사람. 다름 아닌 사신의 시선이
었다. 사신이 춤을 멈추고 내 쪽을 돌아보자, 조용하던 영
빈관이 한층 더 고요해졌다.

고요 속에서 호흡을 고른 사신이 다시 춤을 이어 갔

다. 나와 눈을 마주한 채로.

미소 짓는 사신의 얼굴을 바라보며 나 또한 계속해서 사신의 춤을 따라 했다. 춤을 마친 사신이 포장재 안으로 들어가듯 다시 허리를 구부리고 어깨를 움츠릴 때까지.

그제야 나는 확신할 수 있었다. 사신의 웃음은 냉소가 아니었다. 그것은 분명 공감과 위로의 웃음이 틀림없었다. 이제는 정말로 위로와 도움만이 절실해진 세계. 나는 그 웃음을 그렇게 받아들였다.


끔찍하다는 말이 담아낼 수 있는 한계치가 매일매일 새롭게 넓혀지던 나날이었다. 밤낮없이 쏟아져 내리는 별들 때문에 누구도 다음 날을 기약하며 편히 잠이 들 수 없게 된 시절이었다.

새벽부터 영빈관에 모인 백여 명의 학사들이 맨손으로 사신 앞에 나란히 늘어서 있었다. 그동안 축적된 모든 학문적인 도구들을 내팽개친 채, 말 그대로 따라 하기 수준의 원점으로 돌아가기 위해서였다. 그 점이 마음에 들지 않는 사람도 없지 않았지만 그것 말고는 다른 방법이 없었

다. 우리에게는 다른 대화 방식을 제안할 자격이 없었다. 오로지 사신의 방식을 따르는 수밖에는.

사신의 춤은 눈에 띄게 길어져 있었다. 그동안 쭉 관찰하고 기록해 온 것처럼, 전혀 다음 순서를 예측하거나 외울 수 없는 춤. 그래서 언어 같고, 그래서 절대 언어는 아닐 듯한 동작의 연속.

따라 하는 사람이 늘자 사신의 시선도 고르게 분산되었다. 더 많은 사람에게 공감했다는 뜻이었다. 이유는 알 수 없지만 우리가 사신을 조금 더 잘 이해하게 된 것은 분명했다. 점점 더 많은 사람이 따라 하고 있다는 사실에 고무된 사신이 전보다 훨씬 적극적인 자세로 자기 일에 몰두하는 모습만 봐도 알 수 있는 일이었다.

하지만 그게 다였다. 나뿐만 아니라 다른 사람 모두가 알 수 있었다. 우리의 교감은 결과물을 만들어 내는 데까지는 이르지 못하고 있었다. 물론 사신은 인내심을 보여주고 있었다. 우리와 함께하는 시간이 점점 길어지고 있다는 것이 그 증거였다. 그러나 그 인내심은 어느 순간 반드시 바닥이 나고 말았다. 사신의 얼굴에서 미소가 사라지고 곧게 펴졌던 허리가 앞으로 굽으면서 당당하던 어깨가 움츠러드는 순간 우리는 또 한차례 절망을 경험했다.

뭘 이해하지 못한 걸까. 무슨 이야기를 놓쳐 버린 걸까.

그저 따라 하는 게 다는 아닌 모양이었다. 다음 단계라는 게 있는 게 확실했고, 아무도 그게 뭔지 알아내지 못했다는 사실 또한 분명했다.

그렇게 한 차례씩 기회를 날려 버릴 때마다 세상도 조금씩 파멸에 가까워졌다. 춤을 마치고 잠시 영빈관 밖으로 나가 보면 각지에서 날아든 절멸에 관한 소식들이 빼곡하게 눈앞에 펼쳐져 있었다. 벽에 걸린 커다란 종이 위에 예쁜 글씨로 기록된 멸망이라는 글자들. 그 종이를 거기에 걸게 한 누군가의 심산, 혹은 조바심.

죽음은 이제 특별한 소식도 아니었다. 종말은 이미 반박될 수 없는 역사의 유일한 결말이었다. 우리는 잠깐만 숨을 돌린 다음 곧바로 사신 앞으로 돌아가 해법을 궁리했다. 사신이 또 한 번 깨어날 때까지.

춤추는 사신

스승이 폭사했다는 소식이 전해진 저녁에, 다시 사신이 눈을 떴다.

〈잘 가셨네. 바라시던 대로 아무 징후도 없이, 편히 주무시다가 난데없이.〉

눈물이 어른거려 시야가 흐렸으나 사신에게서 눈을 뗄 수는 없었다. 앞으로 뻗은 손. 쫙 펴진 손바닥.

앞자리는 어느덧 내 차지가 아니었다. 더 명민하다고 여겨지는 다른 학사 몇몇이 맨 앞줄에 서서 사신을 따라하고 있었다. 어느새 일이 그렇게 되어 있었다.

〈직접 오셨으면 살아남으셨을 텐데.〉

스승의 죽음을 생각했다. 아니, 생각할 만한 죽음의 광경이 따로 전해지지 않았으므로 대신 스승의 삶을 생각했다. 스승은 답을 찾아내지 못하는 고루한 노학자가 아니었을 것이다. 애초에 나를 받아들였던 사람이 아닌가. 아무 거리낌 없이, 어쩌다 거기까지 굴러오게 됐냐는 질문조차 한번 던지지 않고, 과거라는 것이 애초에 존재하지 않은 것처럼, 지금 현재와 앞으로 일어날 일만이 의미 있는 일인 듯 그 맑은 눈으로 내 얼굴만 물끄러미 바라보며.

심지어 그 태도는 스승의 학풍과도 전혀 다른 것이었다. 어쩌면 사람이 그렇게 순식간에 변할 수 있었을까. 어떻게 그렇게 아무렇지도 않게 평생 일군 것들을 다 내다 버릴 수 있었을까.

그날부터 나는 스승의 가장 어린 동료였다. 또한 가장 아는 게 없는 후배이기도 했다. 스승에게서 배운 가장 소중한 가르침은 처음 만나던 순간에 이미 내 마음에 각인됐다. 충분히 익히되 필요가 없다면 모두 버릴 것.

눈물이 왈칵 쏟아졌다. 가장 나이 많은 나의 동료. 또한 아는 것이 가장 많았던 나의 선배 학자. 나는 그를 대신해 도성에 와 있었다. 가업을 이을 부친은 아니었지만, 기꺼이 그렇게 할 용의가 있었다. 있지도 않은 부친의 허수아비가 아니라 수십 년 시차를 두고 나란히 옆에 섰던 동료였으므로.


나는 말없이 뒤로 한 발 물러섰다. 그리고 작은 한숨조차 내쉬지 않은 채 사신의 동작 하나하나를 주의 깊게 관찰했다. 그날따라 유난히 눈에 띄는 것이 있었다. 쫙 펴

춤추는 사신

진 사신의 손바닥이었다.

나는 따라 하던 동작을 멈추고 내 손바닥을 가만히 들여다보았다. 그리고 손바닥을 쫙 폈다. 역시 이상했다.

팔을 완전히 내리고 줄을 이탈해 사신이 있는 쪽으로 다가갔다. 뻗으면 손이 닿을 만큼 가까이. 대열이 다소 흐트러졌다. 하지만 사신은 전혀 신경 쓰지 않았다. 그리고 언제나 그랬듯 손을 앞으로 내뻗었다. 쓰다듬을 듯 얼굴을 향해 다가오던 손바닥이 눈앞에서 우뚝 멈춰 섰다. 손바닥이 쫙 펴진 채로.

나는 그 손을 빤히 들여다보았다. 펴져 있었다. 완전히 펴져 있었다. 허공에 놓인 손바닥은 저렇게 쫙 펴지지는 않는데도.

눈을 똑바로 뜬 채, 물러났다 다시 한 번 눈앞으로 다가오는 손바닥을 정면에서 응시했다. 눈물이 마르면서 한층 맑아진 시야에 사신의 손끝이 살짝 밀려나는 모습이 보였다. 무언가에 눌린 듯 평평해지는 손끝. 그리고 손바닥.

저게 뭘까. 뭘 만지고 있는 걸까. 그럴 리가 없는데. 저 손 앞은 곧바로 내 얼굴인데.

기억이 떠올랐다. 첫 번째 공격을 당하던 무렵 불덩이에 맞아 사라진 부모의 집. 기억나지 않는 가족들. 추억 없는 집터. 꽤 큰 집이었고, 돌담이 여전히 남아 있었다. 스승에게 보내지기 전 그곳에 들렀던 기억이 났다. 나는 손으로 담을 매만지며 놀고 있었다. 집터는 폐허였고 풀밭이었다. 남아 있는 거라고는 담밖에 없었다. 그런데 그 담도 온전하지 않았다. 한쪽이 별에 맞아 허물어진 탓이었다.

그런데 그 담을 짚으며 한 바퀴를 돌다가 문득 이상한 생각이 들어 손끝을 바라보았다. 분명히 담을 짚고 서 있었는데, 손끝에도 분명 돌담의 거친 촉감이 남아 있었는데 눈을 들어 손이 닿은 곳을 바라보니 벽이 아니라 허공이었다. 아무것도 존재하지 않는 공간. 그런데 내 손은 어디를 짚고 있었던 걸까? 담이 있던 흔적? 내 몸에 남은 돌담의 기억?

다시 사신을 바라보았다. 사신이 동작을 멈추고 나를 빤히 바라보았다. 그것은 격려의 의미였을까, 아니면 인내심이 바닥나기 직전에 보여 주던 전조 중 하나였을까.

나는 잠시 머뭇거리다 두 팔을 들어 올려 사신 앞으로

춤추는 사신

쭉 내밀었다. 어떻게든 사신이 잠들지 않게 하는 게 급선무였다. 효과가 있었다. 나는 크게 한 호흡을 가다듬은 다음 마음먹은 바를 손끝에 펼쳐 보였다. 오래된 기억. 수십 년간 한 번도 떠올려 본 적 없었던, 그저 어린아이의 착각이겠거니 하고 덮어 두었던 기억을 끄집어내는 일이었다. 내 몸에 남아 있는 돌담의 기억. 허공에 세워진 돌담을 짚고 서 있던 순간. 그 사실을 깨닫던 순간의 충격.

손을 뻗어 그 기억의 벽을 짚었다. 사신의 눈앞에서 손바닥이 쫙 펴졌다.

〈내 손바닥이. 사람 손이 허공에서 그렇게까지 쫙 펴질 수는 없는데.〉

손바닥 근육이 무언가에 살짝 눌리는 느낌이 났다.

그리고 사신의 얼굴에 활짝 웃음이 퍼져 나갔다. 사신이 손을 뻗어 내 손을 꼭 잡아 주었다.


「거기에 벽이 있었던 겁니까? 그걸 짚은 건가요?」

「아니요, 이 앞에는 아무것도 없어요. 그런데 짚는 순간 벽이 생기는 거예요. 그걸 짚으려면 정말로 눈앞에 벽이 있다고 믿어야 하고요.」

이제 거의 정답에 다가와 있었다. 내 손을 잡아 주고는 다시 겨울로 돌아간 사신. 하지만 이제 거의 막바지일 게 분명했다. 우리는 곧 사신의 말을 온전히 알아듣게 될 것이었다.

누가 물었다.

「사신이 벽을 보여 주려는 건가요?」

「만지게 해줄 겁니다. 벽을 만지게 되었으니 이제 다른 것도 만져 볼 수 있겠죠.」

그것은 확신이 아니라 기대였다. 누구나 수긍할 만큼 합리적인 기대.

기대에 부푼 왕이 영빈관을 찾았다. 사신을 높이는 뜻에서 비루한 자리를 차지하겠노라 말은 했지만 왕이 있는 자리는 길바닥이라도 비루할 수가 없었다. 가장 잘 보이는 자리를 차지하고 가장 잘 부라리는 눈들을 옆에 세워 둔 채 짐짓 마음을 졸이는 척 그 모습을 봐달라 호소하는 왕의 몸짓.

우리는 가끔 그쪽을 우러러봐야 했고 서기들은 가끔

그런 왕의 모습을 글자로 바꿔 내야 했다. 왕은 좀처럼 지루함을 견디지 못했다. 그래서 왕은 우리 동료가 아니었다. 우리에게 영빈관은 한가한 곳이 아니었다. 세계 전체의 멸망과 직접 대면하는 가장 치열한 전장이었다.

나는 사신이 있는 쪽을 응시했다. 마음을 가라앉히고 손과 어깨를 가볍게 풀어 주었다. 예측할 수 있는 수준은 아니었지만 우리는 사신이 깨어나는 주기를 대강 가늠할 수 있었다. 영빈관 문 앞에 걸려 있는 절멸에 관한 보고서들이 머릿속에 떠올랐다. 누구는 죽은 돼지의 수를 세었고, 누구는 해안에 떠오른 물고기의 수를 궁성 후원의 면적으로 환산해서 적어 놓았다. 날개가 그을려 바닥에 널브러진 죽은 새 떼의 규모와 불에 타버린 나무의 숫자도 있었다. 물론 사람은 말할 것도 없었다.

내가 사신을 바라보는 눈에는 어쩌면 이런 바람이 섞여 들어가 있었을지도 모른다. 당신 탓은 아니기를. 어떤 관련이 있는지는 알 길이 없지만 당신이 직접 저지르는 파멸은 아니기를.

깨어나자마자 사신은 내 쪽으로 성큼 다가왔다. 처음 발견된 이후 내내 서 있던 자리를 떠나 다른 누구도 아닌 나를 보기 위해 발걸음을 뗀 것이었다. 말이 통했다면 사신은 준비가 됐냐고 물었을 것이다. 물론 나는 준비가 다 되어 있었다.

사신의 손바닥이 펴지면서 춤이 시작되었다. 춤이 아닌 줄은 모두가 알고 있었지만 춤이라고밖에는 달리 표현할 말이 없었다. 허공에, 벽을 짚겠다고 마음먹고 손을 뻗은 곳에, 벽이 나타났다. 눈에는 보이지 않는 벽. 그러나 손바닥 전체를 통해 전해지는 생생한 감각, 그리고 그 감각을 통해 실재하는 벽.

그 벽을 짚을 수 있게 된 사람은 나 혼자만이 아니었다. 일일이 다가가 손을 잡아 주지는 않았지만 사신은 그 경지에 이른 학사들 하나하나에게도 충분히 주의를 기울이고 있었다.

그와 동시에 사신이 다른 물건들을 꺼내 들기 시작했다. 기다란 막대기며 둥근 천장, 자꾸 위쪽으로 떠오르려고 하는 구체나 한 줌 크기의 묵직한 막대기, 그리고 공중에 둥둥 떠 있는 커다란 물방울까지. 모두가 처음 보는 동 작들이었고, 진도 또한 굉장히 빠른 편이었다. 시간에 쫓기듯, 한 명이라도 따라잡으면 다음 단계로 곧장 넘어가는 식이었다. 그리고 그 한 사람이란 대체로 나였다.

나는 그 긴 수업이 일종의 연습 문제라는 것을 알 수 있었다. 사신이 최종적으로 꺼내 들 어떤 물체를 만지기 위해 익혀야 할 세부 단계들, 혹은 그 물체를 이루는 부분 부분을 내 몸의 감각 안에서, 감각으로 파악되는 나의 세계 안에서, 최대한 온전하게 재현해 내기 위한 기술적인 요소들.

겉옷 하나를 벗어던졌다. 누군가가 조심스럽게 다가 와 바닥에 떨어진 옷을 재빨리 걷어 갔다. 천장을 맴돌던 차가운 공기가 내 몸의 열기를 앗아갔다. 손바닥에 남아 있는 허공의 촉감이 나를 한껏 들뜨게 만들었다.

그것은 이제껏 익혀 온 어떤 지식과도 다른 형태의 지식이었다. 마법이나 사술이었을지도 모른다. 하지만 그렇게 생생한 감각은 의심의 여지가 많지 않은 법. 오히려 그것은 새로운 형태의 진실일지도 몰랐다.

　　　　　　　　　　　　　**춤추는 사신**

평화로운 시대의 한가한 오후였다면 나는 분명 휴식을 청했을 것이다. 방금 발견한 것을 정리할 시간, 달뜬 몸이 체력을 보충할 시간.

하지만 내가 글을 익히고 활동한 시간은 종말 바로 직전의 짧은 시간대였다. 스승이 그랬듯 수명을 바쳐 시간을 사다가 오래오래 공부하는 호사 같은 것은 나에게는 결코 허락된 적이 없었다.

이번에는 휴식이 없을 거라는 예감이 들었고, 그 예감은 정확히 맞아떨어졌다. 사신은 잠들 생각이 없어 보였다. 사신이 깨어 있겠다면 나 또한 기꺼이 그럴 수 있었다.


모든 준비 과정이 다 끝나고 이제 정말 마지막 단계만을 남겨 둔 순간.

사신이 내 손을 잡아끌더니 자기 옆에 나란히 서게 했다. 그리고 마침내 〈그 물체〉의 윤곽을 더듬기 시작했다. 나도 곧장 손을 뻗어 그 물체를 만졌다. 각자 자기 앞에 놓인 물체를 따로따로 만지고 재현해 내는 과정이 아니었다. 나는 사신이 만지고 있는 바로 그 물체를 다시 내 손으로 만져서 재현해 내고 있었다. 그것도 사신의 손길이 지나간 바로 직후에.

그것은 기대 이상으로 정교한 물체였다. 사람 키를 훌쩍 넘는 크기에, 둘레는 옆걸음으로 여덟 걸음쯤이었다. 차가운 금속으로 된 단단한 표면. 표면의 재질이 느껴졌다. 어떻게 그럴 수 있는지는 도저히 이해할 수가 없었다.

물체의 표면은 곡면이었다. 바닥은 평평하고 위쪽으로 갈수록 좁아지는 원뿔 모양의 구조물. 위쪽을 짚으려면 사다리가 필요하지 않을까 생각했지만, 사신은 너무나 수월하게 물체를 들어 올리더니, 허공에 띄운 채로 빙글빙글 돌려 가며 뾰족한 꼭대기부터 밑바닥까지 표면 곳곳을 꼼꼼하게 매만졌다. 나도 그 옆에 바짝 붙어 서서, 드문드문 돋아난 돌기며 매끈한 표면에 난 작은 틈새까지 느낄 수 있는 것은 전부 감각에 새겨 넣었다.

그러다 마침내 눈에 보이지 않는 그 물체의 모양을 충분히 떠올릴 수 있게 됐을 때쯤, 조금 전까지는 느끼지 못했던 무게감이 손끝으로 전해지면서 물체가 서서히 바닥에 내려앉았다. 사신과 내가 있는 힘껏 밀어도 전혀 밀리

57

지 않을 만큼 묵직한 중량감. 냄새가 느껴지고 색채가 전해졌다. 코나 눈이 아닌 손끝을 통해서였다.

어떻게 그게 가능했을까.

이상한 글자였다. 내가 배워 익힌 십만여 개의 글자 중 가장 이상한 글자. 의심의 여지없이 다른 세상에서 온 글자였고 바로 옆에서 누군가가 지도해 주지 않으면 알아볼 수도 따라 쓸 수도 없는 글자였다. 하지만 그 글자를 완벽하게 써낸 순간, 그 글자가 내 세계에 온전히 존재하도록 다듬어 낸 그 순간, 전율이 온몸을 훑고 지나갔다. 그리고 글자는 실체가 되었다.

무인들이 종말을 〈공격〉으로 표현한 것처럼, 이 또한 학자의 편향이었을지도 모른다. 그래도 내 방법은 틀리지 않았다. 마침내 나는 문제를 풀어냈고, 사신의 말을 온전히 이해했다. 사신 본인이 인정한 것처럼.


사신이 내 손목을 잡더니 내 손을 물체의 표면 어딘가로 이끌었다. 사람 손 모양으로 움푹 팬 자국이 있는 곳. 그곳에 오른손을 갖다 댔다. 내 손이 닿게 될 것을 누군가 예

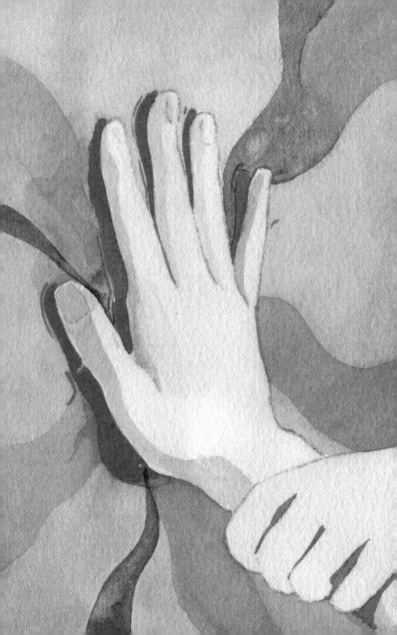

언이라도 한 듯 빈틈없이 꼭 들어맞는 자리였다. 그러자 불빛이 손바닥을 훑고 지나갔다. 눈에는 보이지 않았지만 간질간질한 느낌이 나는 파란색 불빛이었다.

바로 그 순간, 그 물체에서 달칵하는 소리가 났다. 손바닥이 아니라 귀를 통해 들리는 소리였다. 내 귀에만 들린 게 아니었다. 내 주위로 바짝 다가선 동료 학사들의 귀에도 똑같은 소리가 들린 모양이었다. 침묵이 모두의 숨결을 앗아가던 그때.

본질이 생겨났다. 문이 생성되고 〈열림〉이 발생했다. 〈닫힘〉이라는 잠재적인 대립항이 소급해서 생겨나자마자, 달칵 소리가 가리키는 현재 상태인 〈열림〉만이 유일한 현실로 채택되었다. 소급된 가능성의 붕괴와 채택된 현상태. 그곳에서 실체가 발생했다. 발생한 실체는 순식간에 구조물 전체로 퍼져 나갔다.

그러자 마침내 실체가 된 그 기계가 모두의 눈앞에 모습을 드러냈다. 다른 세계에서라면 딱 우주선 혹은 타임머신으로 불렸을 정교한 기계.

여기저기에서 탄성이 터져 나왔다. 그리고 사신의 몸

에서 생기가 빠져나가는 게 느껴졌다. 떨고 있는 석상의 모습으로 영영 돌아가 버릴 것만 같은 사신의 두 눈. 그 눈이 나에게 우주선 안으로 들어가기를 권했다.

나는 손바닥 자국 옆에 있는 손잡이를 잡아당겨 우주선 출입문을 열어젖혔다. 딱 한 사람이 들어갈 만한 공간이 보였다. 사신이 나를 한 번 끌어안더니, 곧장 나를 문 안으로 밀어 넣고는 재빨리 출입문을 닫아 버렸다. 그와 동시에 빠르게 굳어 가던 그 여자의 모습이 작은 유리창을 통해 내 눈에 들어왔다. 그리고 어디선가 섬광이 나타나 눈에 보이는 모든 것을 하얗게 지워 버렸다.


한 세계가 완전히 사라지던 날.

그렇게 간신히 종말에서 벗어나 이곳으로 날아왔다. 우주선은 저절로 사라져 버렸고, 나는 두 번 다시 그 기계를 불러낼 수 없었다. 그렇다면 다른 사람들은 다 어떻게 되었을까. 내가 믿는 결말은 하나밖에 없다. 잠들었던 사신이 다시 깨어나 남은 사람들을 최대한 많이 구해 내는 결말.

내가 도착한 곳도 낙원은 아니었다. 그저 당장 멸망을 향해 치닫지 않는 세상일 뿐. 그래도 나는 감사하는 마음을 잊지 않았다. 아주 작은 세계에서 태어난 내가 거대한 시공간을 단숨에 뛰어넘어 지금 이곳에서 삶을 이어 가고 있다는 사실에 대해.

당당하게 서 있던 〈사신〉을 기억한다. 내 세계의 고독한 생존자로서, 나는 이제야 비로소 그 여자의 이름을 제대로 부를 수 있게 되었다. 나의 고전(古典), 나의 서기(書記), 나를 위해 빛나던 유일한 별. 혹은 우주를 건너온 기적 같은 마임 한 구절.

쫙 펼쳐진 그 여자의 손바닥을 기억한다.

" 단편 소설은 이야기의
　특정한 부분을 특정한 방식으로
　보여 주는 장르 "

배명훈

**이 이야기는 어떻게 탄생되었나?**

작년까지 몇 년간 〈움직임〉에 관한 연구를 쭉 해왔다. 지구와는 다른 중력 환경에서 추는 춤에 관한 묘사처럼. 이 연구의 하나로 마임에 관한 고민을 오랫동안 해왔는데, 이 소설은 그 결과물이다. 마임은 관객들이 〈저게 무슨 뜻이야?〉 하고 어리둥절해하는 예술 장르이고 관객을 설득시키기가 쉽지 않다. 그래서 이 이야기 속에 마임을 하는 사신을 등장시켜 이 사신이 하려는 말의 의미를 무조건 알아내야만 하는 절박한 상황을 제시했다.

오랫동안 마임을 해온 친구 윤푸빗과 대화하면서 떠올린 스토리이고, 그때 이미 앉은 자리에서 결말까지 다 구상을 끝낸 상태였

작가 인터뷰

다. 소름 돋는 결말이라고 생각했으나 실제로 집필하기까지는 몇 년이 더 걸렸다. 움직임에 관한 연구가 충분히 무르익는 데 걸리는 시간이었을 것이다. 사신의 이미지는 장 앙투안 우동Jean Antoine Houdon이라는 작가의 「겨울Winter」이라는 조각 작품에서 따왔다. 겨울 내내 볼 때는 이상하다는 점을 못 느끼다가 계절이 바뀌고 날씨가 풀린 뒤에도 작품이 (당연히) 똑같은 모습을 하고 있는 것을 보고 힌트 아닌 힌트를 얻었다.

**이야기가 촉각적이다. 또한 과거의 이미지들이 우주(선)로 연결되는 것은 이미지적이다. 이야기를 만들 때 오감을 의식하나?**

물론 작품마다 다 다른데, 이 이야기는 움직임에 관한 연구의 일부였고, 그래서 촉감보다는 움직임이 포인트라고 할 수 있겠다. 마임 하면 떠오르는 이미지 중에 없는 벽을 손바닥으로 짚는 장면이 있다. 없는 벽을 만지는 동작이지만 예술가 스스로가 진짜로 그 위치에 벽이 있다고 믿어야 관객에게 벽을 보여 줄 수 있다. 이렇게 사물과 상상과 움직임의 관계가 생겨나는데, 이 이야기는 현실의 마임에서는 일어날 수 없는 방식의 상호 작용을 보여 준다.

〈(없는) 사물을 재현하는 몸〉이라는 구도의 어느 부분을 역전시킨 셈이다. 〈몸으로 재현해 낸 (진짜) 사물〉이 된 것인데, 구체적인 내용은 본문을 통해 확인하시기 바란다.

**소설은 머릿속에 이미지를 만들고 그것을 글로 그려 내는 작업이기도 한데, 실제의 일러스트는 소설과 어떤 관계를 맺을 수 있을까?**

글 자체가 만들어 내는 몰입감이 있다. 독자의 리듬이 작가의 리듬과 잘 맞아떨어져 독자가 텍스트로 이루어진 세상 안에 성공적으로 진입하면 그 세계의 이미지나 공기 같은 것을 느낄 수 있게 된다. 소설은 일차적으로 이미지의 도움 없이 이 단계에 이르는 것을 목표로 한다. 그런데 일단 이 단계에 이르고 나면 몰입 상태에서 느끼는 이미지를 텍스트 이외의 매체로 보고 싶다는 생각이 들게 될 것이다. 말하자면 가득 차오른 영감이 표현 방식으로서의 장르를 넘어서는 순간이 오게 되는데, 일러스트는 그 순간에 제일 먼저 찾아볼 수 있는 표현물일 것이다.

**이야기를 쓸 때 상상했던 이미지와 노상호의 그림은 어떻**

게 같고 어떻게 다른가? 표현되었으면 하는 이미지가 있었

는지?

내가 소설을 쓰면서 상상했던 이미지는 역사책이나 기록물 같은
이미지였다. 그런 문체를 골랐고, 되도록 간결하게 쓰려고 애썼
다. 개인의 이야기이지만 사라져 가는 어떤 콤팩트한 세계에 관한
이야기이기도 해서 클로즈업보다는 풍경이 많이 보이는 문체였
을 것이다. 세계 자체를 작게 만든 것도 한 번에 떠올리기 좋게 하
려는 장치이기도 하다. 반면 노상호 작가의 이미지는 그보다는 더
역동적이고 인상적인 느낌이다. 이야기의 역동적인 측면에 집중
한 선택이었을 거고, 분명 타당한 선택이다. 기본적으로 이 소설
은 〈공연〉이 담겨 있는 이야기이기 때문이다. 이 기획을 듣는 순
간 제일 보고 싶었던 이미지는 본문 중에 나오는 〈숲 관리인의 나
무 문자〉로 된 문서다. 고풍스럽고 화려한 기록화 같은 느낌일 텐
데, 품이 많이 드는 일일 게 틀림없어서 끝까지 고집하는 건 너무
큰 욕심이었을 것이다.


그림 작품이 계기가 되거나 영감이 된 적이 있는가? 같이 일

해 보고 싶은 일러스트레이터나 화가가 있다면?

타계한 대만 화가 첸치콴(陳基寬)의 후기 그림들을 좋아한다. 사람의 키만 한 화폭에 세계를 담은 그림을 보고 한눈에 매혹될 정도였다. 위에서 말한, 세계를 콤팩트하게 담아낸 이미지라는 건 결국 이 작가의 그림을 염두에 두고 하는 말일지도 모르겠다.

**단편 소설의 장점은 무엇일까? 짧은 이야기를 쓰면, 본인의 소설가로서의 능력 중에 어떤 장점이 부각되나?**

단편 소설은 이야기를 처음부터 끝까지 다 보여 주는 게 아니라 특정한 부분을 특정한 방식으로 보여 주는 장르다. 어디를 어떻게 보여 줄 것인가를 선택하는 작가의 감각에 따라 정말 많은 것들이 좌우된다. 훈련으로도 커버가 되는 능력이겠지만, 타고난 감각을 지닌 작가들의 단편 소설은 정말 짜릿하게 아름답다.

비평으로 포착된 경우는 거의 없었던 것 같지만, 내가 소설에 담아내려는 것 중 아주 중요한 부분이 〈세상〉이다. 분량이 길어야 겨우 담길 것 같은데, 사실 단편 소설에는 세상도 담아낼 수 있다. 장편보다 더 적절한 도구라는 생각이 들 때도 있다. 그래서 단편 소설 쓰기를 좋아한다.

**단편 소설이 장편 소설로 연결되기도 하는가? 그리고 단편으로만 남는 이야기들은 왜 그렇게 되나?**

작법은 정말 작가들마다 다 다르다. 나는 작품 하나를 두고 완성도가 높아질 때까지 붙들고 있는 스타일은 아니고, 생산 라인 자체를 다듬는 방식으로 쓴다. 어떤 작품이 부족하다 싶으면 생산 라인을 다시 돌려서 다음 결과물이 나온 걸 보고 생산 라인 자체를 조절하는 방식이다. 이렇게 다듬어진 생산 라인은 대체로 장편으로 연결되기도 좋다. 내 단편들의 많은 수가 장편으로 연결이 되는데, 이렇게 장편이 한번 나오고 나면 한 시즌이 완결되는 느낌이다. 관련 연구나 작업들이 일단락되고 다른 종류의 단편들을 쓰기 시작한다는 뜻이다.

표현의 비중이 너무 높은 이야기들은 장편이 되기 힘들다. 어떤 매력적인 서술 방식들은 단편 분량에서는 지지대 기능과 미적인 역할을 둘 다 완벽하게 소화해 내지만, 그 뼈대로 장편을 지탱하기에는 구조적으로 허약한 경우가 있다. 그렇다고 이 구조들이 나쁘다는 것은 절대 아니다. 그래서 단편 소설이라는 장르가 있는 거니까.

**소설을 쓸 때 중요하게 생각하는 것이나 본인만의 원칙이 있나?**

기본 인간을 남자로 설정하지 않는다. 외양 묘사를 되도록 피한다. 궁극적으로는 아름다움보다는 재미를 추구한다. 그래서 나는 소설가인 건 확실하지만 예술가는 아닐지도 모른다고 생각한다.

**〈소설〉은 현시대에 어떤 힘을 지니고 있다고 생각하는가?**

본문에도 나오지만, 누군가 기록하는 사람이 있다는 것은 다른 누군가에게 대단히 큰 위안이 되는 일이다. 매체로서 소설은 힘을 많이 잃었다고 하지만, 아직도 사람들은 누구나 소설가가 자기 삶을 기록할까 봐 두려워한다. 물론 멀쩡한 소설가는 기록의 힘을 그런 식으로 사용하지 않는다. 여기에는 원칙이 있고 사명감이 있기 때문이다. 아무튼 소설이 이제 힘을 잃었다는 명제는 사실이 아니다. 다만 관심에서 밀려났을 뿐이다.

**가장 좋아하는 단편 소설은?**

내 소설 중에서 고르라는 질문이면 「안녕, 인공존재!」. 다른 사람 소설 중에서 고르는 일은 다른 지면에서 했으면 좋겠다.

**배명훈에게 〈소설〉은 무엇인가?**

평생 할 수 있는 재미있는 일이다. 스무 살 무렵에 찾아냈고 생각보다 빨리 직업이 됐다. 직업으로서의 글쓰기는 가끔 재미가 없지만, 재미없는 일이 되지 않도록 이런저런 노력을 하고 있다.

**소설을 쓸 수 없는 상황이 닥친다면 어떤 식으로 〈이야기〉에 대한 욕구를 표현할 수 있을까.**

다른 일로 바빠지는 것 말고는 소설을 쓸 수 없는 상황을 상상하기는 어렵다. 다른 장르를 써야만 하는 상황이라면 영화든 게임이든 이야기가 필요한 곳을 기웃거리게 될 것 같다. 그런데 돈 되는 일을 좀 포기하면 소설을 쓸 수 있는 상황은 충분히 만들 수 있다. 그 기회비용 부분이 사회적으로 별로 인정을 못 받는 것 같아서 아쉽지만 누군가 소설만 쓰고 있다는 건 그럴 수 있는 환경을 만들기 위해 다른 걸 포기하고 있다는 뜻이기도 하다.

> " 나는 글과 이미지 사이에
>   먹지처럼 아주 얇게 서 있는 사람 "

노상호

**이야기와 이미지를 같이 만들어 낸다. 본인의 창작 활동에서 그림과 글의 비중은 어떠한가?**

이미지와 이야기를 함께 작업할 때는 두 가지를 동시에 만들기 때문에 비중이 같다. 최근에는 글을 쓰지 않고 그림만으로 작업하는 것을 즐긴다.

**두 매체를 각각 어떻게 느끼나?**

이미지를 그리면서 떠오른 내용을 글로 쓰는 경우가 많다. 이미지의 내용을 구성하면서 자연스럽게 글감이 떠오르기 때문에 글과 그림은 함께 붙어 다닌다고 생각한다.

작가 인터뷰

**이 작업은 평소와 어떤 점이 비슷했고 어떤 점이 달랐나?**

평소에는 SNS나 가상 세계에 부유하는 이미지들을 순서 없이 붙잡아서 그것들을 가공하여 이미지와 이야기를 만들어 내는데, 이번 작업은 이야기가 먼저 존재하는 상태에서 이야기에 맞는 이미지들을 검색해서 조합하는 방식이었다.


**이 소설을 읽고 가장 먼저 떠오른 이미지는?**

첫 장면. 쏟아지는 수십 개의 불덩이였다.


**이 작업의 글과 그림은 같으면서도 다른 느낌을 가진다. 이미지를 표현할 때 글이 해낼 수 없는 그림만의 강점이 있다면 무엇일까?**

물체나 사물에 대한 은유를 더 강하게 이미지화해서 보여 줄 수 있는 강점이 있다고 생각한다. 하지만 분위기를 좀 더 독자에게 제한시키기도 한다. 그것은 강점이기도 하고, 약점이기도 하다.


**색으로는 어떤 이미지를 강화하고 싶었나?**

이계에서 온 새로운 존재, 혹은 전혀 느껴 보지 못한 새로운 세계를 느끼는 내용이라고 생각했다. 그래서 현실보다 좀 더 이질적인 색깔을 사용하고 싶어서 오페라색을 활용했다.

**보통 먹지를 통해 트레이싱하는 방식으로 작업을 한다고 했다. 이 작업에도 같은 방식을 적용했나?**

그렇다. 스스로를 먹지와 같은 사람이라고 자주 설명하는 편이다. 내게 들어오는 수많은 정보와 이미지가 있고, 나를 거쳐서 나가는 수많은 글과 이미지가 있다. 그 사이에 먹지처럼(혹은 필터처럼), 아주 얇게 서 있는 사람이라고 생각하고 있고, 이것을 표현하기 위해 먹지로 트레이싱하는 기법을 사용한다.

**뮤지션 앨범 표지 작업으로 잘 알려져 있는데, 음악을 그림으로 표현하는 것과 소설을 그림으로 표현하는 것은 어떻게 달랐나?**

딱히 다르지 않았다. 창작자가 말하고자 하는 바를 파악하고, 어떻게 표현할 것인가를 고민하는 일이기 때문에 비슷하다.

**어떤 글을 보면 그림을 그리고 싶어지는가? 또한 어떤 그림**

**을 보면 글을 쓰고 싶은가?**

특정한 무드가 느껴지면 그림을 그리고 싶어지는 경우가 많다. SF나 장르 소설을 좋아하는 편이어서, 그런 류의 단편 소설을 읽으면 그림을 그린다.

**가장 좋아하는 단편 소설은?**

하나를 콕 집기 어렵지만, 스탠리 엘린Stanley Ellin의 「특별 요리 The Specialty of the House」라는 단편 소설을 매우 좋아한다. 테드 창 Ted Chiang의 SF 단편들도 좋다.

**소설과 같은 비중으로 그림을 보여 주고자 했을 때 어떤 점이 좋았고, 어떤 점이 염려되었는가?**

아무래도 함께 이야기를 나누면서 한 작업이 아니다 보니 소설가가 상상한 이미지로 그림이 그려지지 않을까 봐 많이 걱정되었다. 물론 나의 상상으로 이미지를 채워 나가는 것이지만, 혹 잘 쓰인 소설을 내 그림으로 망치진 않을까 걱정이 되었다.

**그림을 그릴 수 없는 상황이 닥친다면?**

표현할 것 같지 않다. 가끔은 그림을 그릴 수 없는 어떤 상황이 닥치길 기대할 때도 있다(매우 아이러니한 생각이지만). 이미지를 제작하는 것은 굉장히 애증이 가득한 일이기 때문에……. 그림을 그만두는 것 또한 매우 용기가 필요한 일이다. 그래서 가끔 조금 비겁하게 〈아, 그림을 그릴 수 없는 상황이 닥쳤으면 좋겠다〉라고 생각한다.

배명훈

2005년 「스마트D」로 〈과학기술창작문예 단편 부문〉에 당선되면서 본격적으로 소설을 쓰기 시작했다. 『타워』, 『첫숨』, 『안녕, 인공존재!』, 『예술과 중력가속도』, 『고고심령학자』 등 다수의 작품을 썼다.

노상호

대학에서 판화를 전공하였고, 그때부터 여러 소규모의 그룹전에 참여하며 여러 매체를 다루는 다양한 실험을 해왔다. 출판, 영상, 퍼포먼스, 설치 등 경계를 유연하게 넘나들고 있다. 지은 책으로 『데일리 픽션』이 있다. 2012년 현대판화가협회에서 수상하는 〈이상욱상〉을 받았고, 서울문화재단의 「Machen Cart Project」(2013), 국립현대미술관의 「젊은 모색」(2014) 등의 전시에 참여했다.

**TAKEOUT 02**
춤추는 사신

**글** 배명훈 **그림** 노상호 **발행인** 홍유진 **발행처** 미메시스

**주소** 경기도 파주시 문발로 314 파주출판도시

**대표전화** 031-955-4400 **팩스** 031-955-4404

**홈페이지** www.mimesisart.co.kr **email** info@mimesisart.co.kr

Copyright (C) 배명훈, Illustration Copyright (C) 노상호, 2018, Printed in Korea.

**ISBN** 979-11-5535-132-1 04810  979-11-5535-130-7(세트)

**발행일** 2018년 6월 1일 초판 1쇄

이 도서의 국립중앙도서관 출판예정도서목록(CIP)은 서지정보유통지원시스템 홈페이지 (http://seoji.nl.go.kr)와 국가자료공동목록시스템(http://www.nl.go.kr/kolisnet)에서 이용하실 수 있습니다. (CIP제어번호: CIP2018015715)

이 책은 실로 꿰매어 제본하는 정통적인 사철 방식으로 만들어졌습니다.
사철 방식으로 제본된 책은 오랫동안 보관해도 손상되지 않습니다.

테이크아웃은
단편 소설과 일러스트를 함께 소개하는
미메시스의 문학 시리즈입니다.